L'EXPÉDITION

D'AFRIQUE,

POËME.

*Ecce constitui te hodiè super gentes
et super regna, ut evellas, et destruas,
et disperdas, et dissipes, et reædifices.*
JÉR. I. 10.

DÉDIÉ

A S. A. R. M.ᵍʳ LE DAUPHIN,

GRAND AMIRAL DE FRANCE;

PAR STÉPHANE BLANCHARD,

Aumônier du 8.ᵉ Chasseurs.

PRIX : 50 CENT.

PARIS.

CHEZ GOSSELIN, LIBRAIRE.

Au Mans, chez BELON, libr. — *A Besançon*, chez BINTOT, libr.
A Vesoul, chez ZÆPFFEL et LÉPAGNEZ, libraires.

20 Juin 1830.

EXPÉDITION

D'AFRIQUE.

Aɪɴsɪ qu'au mont Atlas l'oiseau de Prométhée
Qui suspend à ses flancs son aire ensanglantée,
Promène autour de lui ses farouches regards,
S'élance dans les airs, vole de toutes parts,
Et tombe sur l'agneau qu'aussitôt il déchire,
Ainsi, gonflé d'orgueil, un forban osait dire :
« Des rois les plus puissans redoutable rival,
» Je veux que chacun d'eux, devenu mon vassal,
» De mon vaste pouvoir soit l'humble tributaire.
» On dit que pour empire ils possèdent la terre....
» Que m'importe? le mien, c'est l'Océan entier!

» Si de ces rois puissans le pavillon altier
» Ne salue, en passant, ce que dans leur colère
» Ils nomment de brigands un horrible repaire ;
» Si leurs riches vaisseaux, arrivés sur mes bords,
» Ne m'ouvrent, tous les ans, leurs immenses
  trésors,
» Mes corsaires hardis, pareils à ces tempêtes
» Qui souvent sur ces mers éclatent sur nos têtes,
» Armés de toutes mains, s'élancent après eux,
» Font pleuvoir sur leurs mâts une grêle de feux,
» Les harcèlent sans fin, les poursuivent sans cesse,
» Comme un flot suit un flot et qu'un autre flot
  presse,
» Jusqu'à ce que, vainqueurs et maîtres à leur
  bord,
» Ils aient couvert leur pont et de sang et de mort,
» Et que tous les vaincus, échappés au carnage,
» Traînent les fers pesans d'un honteux esclavage.
» Alors ces rois si fiers, abaissés devant moi,
» Me livrent leurs trésors et s'ubissent ma loi. »

  Telle est de ce forban l'orgueilleuse insolence.
Princes, vous l'entendiez...... ô honte ! et la
  vengeance
Qui contre lui devait appeler les combats,
Dormait paisiblement au sein de vos états !
Comme de petits rois, vassaux d'un grand empire,
Aux caprices d'Hussein on vous a vus souscrire ;

On a vu vos vaisseaux, vers Alger, tous les ans,
Transporter vos consuls chargés de vos présens.
Hélas! souvent honteux de votre vasselage,
Dès que leurs pieds craintifs abordaient le rivage,
Ils allaient au despote offrir en votre nom
Votre argent, vos respects, votre soumission.
Quelle honte, grands dieux! rois, quelle servitude!
Et ce joug insultant nul de vous ne l'élude!
Lions et léopards, tiare, aigles et lys
Ne peuvent sur les mers voguer qu'à ce seul prix.

Mais lorsque, résignés à cette ignominie,
Vous laissez du forban l'insolence impunie,
Ne redoutez-vous point que sa lâche fureur
Par ses excès un jour n'attente à votre honneur?
Macdonell, de tes maux l'image attendrissante
A leur esprit déjà n'est-elle plus présente!
L'orgueilleuse Albion aurait pour l'avenir
D'un outrage royal perdu le souvenir!
Malheureux Macdonell, ah! je te vois encore
Plongé dans un cachot, horrible matamore,*
Où loin de tes enfans, arrachés de tes bras,
Tu souffrais des douleurs égales au trépas;
Je te vois incertain du sort qu'on te prépare,
Devenir le jouet d'une tourbe barbare;
J'entends encor les cris du peuple algérien :

---

* Prison souterraine, infecte, privée d'air, où les habitans cruels
des côtes d'Afrique enferment leurs captifs.

« Enivrons-nous du sang *de ce chien de chrétien,*
» Qu'il meure, et par sa mort que l'altière Angleterre
» Sache comment Alger traite son mandataire...»
Et tandis que ces cris exprimaient leur fureur,
Leurs poignards aiguisés se heurtaient sur ton cœur.

Eh! que dis-je? la France, exposée à sa rage,
En a déjà reçu le plus sanglant outrage.
Ses droits les plus sacrés ont été méconnus,
Ses comptoirs démolis, ses sujets détenus.
Nos vaisseaux qui, chargés des trésors de la terre,
Couraient les échanger vers un autre hémisphère,
Par les ordres d'Hussein, au mépris des traités,
Dans leur course bientôt se sont vus arrêtés.
« Pillez-les, criait-il dans sa brutale joie;
» L'or que leur sein renferme est devenu ma proie;
» Quant aux chrétiens frustrés de leurs biens les plus chers,
» Pour les indemniser, qu'on leur donne des fers. »
Et tous nos matelots, traînés sur le rivage,
Comme de vils troupeaux marchaient à l'esclavage.

Mais quel effroi soudain s'empare de nos cœurs!
Bône de son massacre étale les horreurs!....
Hélas! quand prosternés au pied du sanctuaire,
Au Dieu de saint Louis adressant leur prière,

Rassemblés vers le soir, mille chrétiens fervens
Au ciel avec leurs vœux envoyaient leur encens;
Dans ces lieux où la France avait un libre asile,
Des Français ont revu les vêpres de Sicile !
Et le sol qui jadis but le sang des martyrs,
De ces infortunés eut les derniers soupirs !!!

    Ces faits en traits de sang sont gravés dans
      l'histoire ;
Mais pourquoi du passé réveiller la mémoire?
Aujourd'hui contre nous le féroce Hussein-Dey
Surpasse en attentats ceux qui l'ont précédé...
Aux accès de fureur échappés à sa rage,
Ce forban joint encore et l'insulte et l'outrage.
Ce que la terre entière a toujours vénéré,
Le bandeau de nos rois pour lui n'est point sacré :
L'affront fait à Deval en est le témoignage.
En vain, de Charles dix noble et vivante image,
Le courageux Deval lui rappelait ses droits,
Au plus honteux silence on condamna sa voix ;
Et sur son front flétri nous savons quelle injure
De ce brigand des mers traça la main impure.
O France ! ton honneur en resterait terni,
Si ce lâche attentat demeurait impuni.

    Et toi, noble amiral, lorsque sur la *Provence*,
Au pied des murs d'Alger tu voguais sans défense,
Dis-nous quels sentimens d'une subite horreur

Sa trahison infâme excita dans ton cœur?
Ton vaisseau que guidait une brise légère
Pour regagner le large abandonnait la terre;
Au pavillon des lys si cher aux cœurs français
Il unissait alors les couleurs de la paix,
Quand soudain, menaçant de te réduire en poudre,
Aussi prompt' que l'éclair, plus bruyant que la
    foudre,
Sous les regards du Dey, le feu, parti du fort,
Comme un torrent de flamme éclata sur ton bord!!!

Des cris tumultueux couvrent toute la France...
Aux armes! aux combats!..... Ma lyre, fais silence
Et pour quelques instans retiens tes nobles chants.
De Bellone entends-tu les terribles accens?
Aux armes! et, semblable au bruit d'un long
    tonnerre,
Sa voix, comme la foudre, épouvante la terre.
Mais de l'Europe en vain Mars appelle les rois,
Le fils du grand Henri seul a compris sa voix.
Il s'agit de l'honneur, et sa main s'est chargée
De venger les affronts de l'Europe outragée.
Qu'importe qu'à cette œuvre, avares de secours,
Londres, Vienne et Berlin refusent leur concours?
L'heureuse France suit une autre politique;
Pour punir un pirate, oppresseur de l'Afrique,
Du rang des souverains pour effacer son nom,
La France n'attend pas le bras de Wellington.

Où vont tous ces guerriers que la vengeance
   inspire?
Quel tumulte, grands dieux ! quels transports !
   quel délire !
Des plaines où du Nord soufflent les aquilons,
Disposés au combat, de nombreux bataillons
Vers les plaines du Sud précipitent leur course.
Sur l'empire des mers du Midi jusqu'à l'Ourse,
Armés pour le combat ; nos superbes vaisseaux,
Favorisés des vents, s'élancent sur les eaux.
A leurs mâts élevés le pavillon sans tache
Flotte au milieu des airs, comme le blanc panache
Qui jadis ombrageait le front du bon Henri,
Alors qu'il combattait dans la plaine d'Yvri.
O ciel ! de toutes parts quels concerts ! quelle
   ivresse !
Nos soldats emportés par l'ardeur qui les presse
Ont peine à contenir leurs généreux transports...
Eh bien ! nobles Français ! volez donc sur ces bords,
Volez sur ce rivage, où jadis la Victoire
Couronna vos aïeux des palmes de la Gloire.
Du grand roi conquérant les valeureux guerriers
N'ont point sur le Scibus cueilli tous les lauriers,
Et, pour récompenser l'ardeur qui vous honore,
Alger sous ses remparts vous en réserve encore.

Cependant, alarmés de cet entraînement,
Quelques hommes ont dit : « Pourquoi cet ar-
   mement ?

» De quels rois aujourd'hui vengeons-nous la
    querelle ?
» D'un écumeur des mers l'insulte devrait-elle,
» Sur un lointain rivage emportant nos soldats,
» Aux dépens de notre or rappeler les combats?
» Dans ces pays brûlans l'atmosphère enflammée
» Aura sous peu de jours décimé notre armée,
» Et notre or et le sang de milliers de Français
» Ne seront remplacés que par de vains regrets. »

Quoi ! vous êtes Français et tenez ce langage!..
Lorsque pour nous venger du plus sanglant
    outrage
La France accourt, fidèle au vœu de Charles dix,
Vous osez de notre or faire valoir le prix !
Mais quand c'est un Bourbon qui règne sur la
    France,
L'or et l'honneur ont-ils une même balance ?
Non, et vos froids calculs sur les fonds du trésor
De nos jeunes guerriers n'arrêtent point l'essor.

Mais vous qui, redoutant le succès de nos armes,
Rejetez sur nos fonds vos coupables alarmes
Et ne nous présagez que de cruels échecs,
Pesiez-vous ainsi l'or qu'on envoyait aux Grecs?
Pour les soustraire au joug d'un peuple de barbares
De nos deniers publics vous n'étiez point avares,
Et la France, malgré ses efforts généreux,

N'en faisait , selon vous , jamais assez pour eux.
D'où vient donc aujourd'hui tant de parcimonie !
N'oseriez-vous d'Alger blâmer la tyrannie?
Ennemis de Mahmoud, c'est pour le brave Hussein
Qu'une tendre pitié s'éveille en votre sein !...

De l'esprit de parti cruelle inconséquence !
Ah! Dieu sait que touché de leur longue souffrance,
Pour les Grecs opprimés implorant son appui,
Mes vœux les plus ardens s'élevaient jusqu'à lui.
Dans ces infortunés ne voyant que des frères,
Je demandais pour eux un terme à leurs misères
Et mes yeux bien souvent ont pleuré le trépas
Des fils de Périclès et de Léonidas.
Mais tant de malheureux qu'un brigand dans sa
    rage
Tient livrés aux horreurs du plus dur esclavage,
Qui, le jour, occupés aux plus cruels travaux,
De leurs larmes, la nuit, arrosent leurs cachots;
Ces malheureux Français, nos amis et nos frères,
Sans être criminels condamnés aux galères,
N'ayant pour aliment que le pain le plus noir
A leur faim dévorante accordé vers le soir
Et souvent amolli par d'abondantes larmes;
Sans relâche livrés aux plus vives alarmes;
Fustigés à l'instar des plus vils animaux,
Demandant à la mort un terme à tant de maux,
Et de qui la dépouille, au sortir de la vie,

Sans égards, sans pudeur, se jette à la voirie;
Tous ces hommes, hélas! aux fers abandonnés,
Lorsque leurs bras vers nous s'élèvent décharnés,
Contre leurs assassins implorant la vengeance,
Auraient perdu leurs droits aux secours de la
    France!
Faut-il, fermant l'oreille aux cris de leurs douleurs,
Etouffer la pitié qui parle dans nos cœurs?
Libéraux, répondez..... Ah! du fond des abîmes
Où le féroce Hussein entasse ses victimes,
Leurs lamentables cris, en secret répandus,
Dans le vague des airs ne se sont point perdus.
Charles, des malheureux seconde providence,
Pour ces tristes captifs fait appel à la France,
Et la France aussitôt, toujours prête à sa voix,
Ne rêve déjà plus que de nouveaux exploits.

O vous qui gémissez accablés de souffrance,
Que dans vos cœurs flétris renaisse l'espérance!
Aux jours longs et cruels de la captivité
Vont succéder enfin ceux de la liberté :
Que de vos pleurs amers la source soit tarie!
Vous reverrez bientôt le ciel de la patrie,
Heureux terme des maux que vous avez soufferts.

Toi, jeune infortuné qui croyais dans les fers
Achever une longue et pénible carrière,
Ne maudis plus du jour l'importune lumière,

D'une mère bientôt les doux embrassemens
Te feront de l'exil oublier les tourmens.

Et toi dont les cheveux, blanchis dans l'escla-
    vage,
Au milieu de tes ans annoncent le vieil âge,
A l'espoir le plus doux laisse s'ouvrir ton cœur.
Le ciel a pris pitié de ta vive douleur.
Bientôt tu reverras cette épouse adorée
Que tes yeux, jour et nuit, ont si longtemps
    pleurée;
Tu reverras tes fils, objets de tant d'amour.
Ah! si le doux espoir de les revoir un jour,
Espoir qui ne meurt point au cœur d'un tendre
    père,
Seul a pu, dans les fers, te retenir sur terre,
Quels seront tes transports qnand tu les recevras
Sur ton sein paternel, pressés entre tes bras.....!

On parle de périls.....: sur la vive africaine,
Nos soldats, a-t-on dit, débarqueront à peine,
Qu'Arabes et Cobails, Coulohglis et Bédouins,
Sur la côte accourus des lieux les plus lointains,
Pareils à ces oiseaux qui dans les jours d'orage
Sortent de leurs rochers et viennent sur la plage
Ravir des naufragés les membres palpitans,
Les couvriront soudain de leurs traits menaçans.
Ou bien si ces soldats, dans leur ardeur guerrière

Au pied des murs d'Alger vont planter leur
    bannière,
Sous ces cieux embrasés avant d'être vainqueurs,
Ils mourront de la soif éprouvant les horreurs.

De l'esprit de parti voyez la prévoyance !
De périls mensongers invoquant la présence,
Pour arrêter l'ardeur de nos braves soldats,
Il s'alarme de maux auxquels il ne croit pas.
Comme un grand général, s'aidant de vieilles ruses,
Il proclame d'Alger les nouvelles *Abbruzes*.
Ce n'est pas tout encor, son zèle va plus loin :
Epouvanté des cris du farouche Bédouin,
Il craint pardessus tout ses subites attaques.
En vain lui parle-t-on de ces sales cosaques
Contre nous accourus des bords du Tanaïs
Et dont bientôt l'audace eut le trépas pour prix,
N'importe : selon lui notre vaillante armée
Par ces bandits errans doit être décimée,
Et ceux qui, s'échappant à leur fer assassin,
Voudront vers les remparts se frayer un chemin,
Trouveront devant eux, sur ces plages mortelles,
Des nuages épais de grosses sauterelles
Dont Cuvier, il est vrai, ne connaît pas le nom,
Mais qu'on pense venir du temps de Pharaon :
Pour nous dévorer tous, ces insectes voraces,
Comme en mer les requins, suivront partout
    nos traces;

Heureux alors celui qui, resté sur son bord,
Du soldat imprudent évitera le sort.

Voilà donc les dangers qu'on ose nous prédire !
Peut-on pousser plus loin l'insulte et le délire?
Quelle pitié, grands dieux ! Ah ! fussent-ils réels
Ces dangers invoqués par vos vœux criminels,
Vous le devez savoir, leur effrayante image
Ne pourrait du soldat qu'enflammer le courage.
Le Français, au danger mesurant sa valeur,
Dans un triomphe aisé ne voit aucun honneur ;
Et, plus juste que vous, l'Histoire saura dire
Si l'aspect du péril l'épouvante ou l'inspire.

Quoi! du soldat français pour ralentir l'ardeur,
Vous tentez sur ses pas de semer la terreur.....
Et qu'ont à redouter ces guerriers intrépides
Dont le regard hardi fixa les pyramides,
Qui, suivant le chemin à leur valeur ouvert,
Foulèrent si longtemps les sables du désert ;
Ces guerriers que l'on vit, inspirés par la gloire,
Dans leur rapide essor entraînant la victoire,
Voler des bords fleuris de la Bidassoa
Aux rivages glacés de la Bérésina?

Phalanges de héros, noble et vaillante armée,
Partez donc, il est temps; et sur l'onde calmée

Au gré des vents soumis laissant glisser vos mâts,
Allez devant Alger rappeler les combats.

O dieux! j'entends déjà la trompette guerrière!
Ainsi que des coursiers lancés dans la carrière,
Elégamment ornés de festons et de fleurs,
Nos superbes vaisseaux peints de mille couleurs,
Aux acclamations de la foule enivrée,
S'élancent tout-à-coup sur la plaine azurée!
Quels concerts que les cris des joyeux matelots
Mêlés au bruit des vents, au murmure des flots!
Et qu'il est beau de voir, aux clartés des étoiles,
Ces vaisseaux dans les airs hisser leurs blanches
      voiles!
Tels, au lever du jour, se montrent à nos yeux
Des nuages légers qui glissent dans les cieux.
Tels encor nous voyons aux rives du Méandre,
Où par des sons divins leur voix se fait entendre,
Des cygnes s'envoler sous un ciel calme et pur;
La neige de leurs corps se confond dans l'azur.

Mais Alger apparaît!.... Le voilà ce rivage
Où la France autrefois signala son courage!
Voici les bords sacrés où le plus saint des rois
Du fils de l'Eternel vint arborer la croix.
Près de ces beaux palmiers, sous les yeux de
      l'impie,

Louis, trop jeune encor, rendit à Dieu sa vie.
Le ciel dont les mortels ignorent les desseins,
Se hâta d'abréger ses glorieux destins ;
Mais de sa grandeur d'âme, aussi bien que
    l'Histoire,
L'infidèle lui-même a gardé la mémoire.

Tout rappelle en ces lieux le titre de chrétien.
Là coulait pour la foi le sang de Cyprien ;
Là le peuple admirait les vertus de Fulgence ;
Là du grand Athanase embrassant la défense
Et de la vérité le cœur enfin épris,
Augustin composait ses immortels écrits.

Aujourd'hui sur ces bords où règne le parjure,
De l'Europe outragée il faut venger l'injure.
Magnanimes Français, dignes fils des héros,
Commencez à l'instant vos terribles travaux.
La terre est attentive.... et déjà la Victoire
Tresse pour les vainqueurs les lauriers de la Gloire.
Pour celui qui, saisi d'un généreux transport,
Sous ces murs écroulés aura trouvé la mort,
Quand tout son sang glacé vers son cœur se retire,
Le ciel orne son front des palmes du martyre.

Le signal est donné..... L'airain tonne..... et
    j'entends

Du clairon des combats les belliqueux accens....

....

....

Ah! puissions-nous bientôt, maîtres de ce rivage,
Sur les débris d'Alger voir une autre Carthage
Où règne pour jamais le Dieu de saint Louis,
Où la croix étincelle, où fleurissent les lys ! ! !

www.ingramcontent.com/pod-product-compliance
Lightning Source LLC
Chambersburg PA
CBHW061527170626

46811CB00004B/1871